Y^e ^{Pièce}
1600

I0551478

ROGER LAMILOT

LA FILLE

DE LA

FRANCE JUIVE

OU

L'ÉCOLE SANS DIEU

Poème populaire

PRÉCÉDÉ

D'une belle lettre de critique d'Edouard DRUMONT l'illustre auteur
de la « France Juive »

Et suivi d'Annotations intéressantes, où figure
un parallèle saisissant du Frère avec l'instituteur laïque,
de l'École Chrétienne avec l'école athée.

> « ..... Je vous suis profondément reconnais-
> sant d'avoir bien voulu faire figurer mon nom et
> rappeler mon livre de la « France Juive » dans
> cette œuvre si vaillante et généreuse que tra-
> verse d'un bout à l'autre un souffle si éloquent
> et si vraiment français..... »
>
> (Edouard DRUMONT à l'auteur).

Prix : 50 Centimes

PERPIGNAN
Imprimerie H. Roque
6, Place d'Armes, 6
—
1887

ROGER LAMILOT

LA FILLE

DE LA

FRANCE JUIVE

OU

L'ÉCOLE SANS DIEU

Poème populaire

PRÉCÉDÉ

D'une belle lettre de critique d'Edouard DRUMONT l'illustre auteur
de la « France Juive »

Et suivi d'Annotations intéressantes, où figure
un parallèle saisissant du Frère avec l'instituteur laïque,
de l'École Chrétienne avec l'école athée.

> « ..... Je vous suis profondément reconnais-
> sant d'avoir bien voulu faire figurer mon nom et
> rappeler mon livre de la « France Juive » dans
> cette œuvre si vaillante et généreuse que tra-
> verse d'un bout à l'autre un souffle si éloquent
> et si vraiment français..... »
>
> (Edouard DRUMONT à l'auteur).

Prix : 50 Centimes

PERPIGNAN

Imprimerie H. Roque

6, Place d'Armes, 6

—

1887

Droits de propriété réservés à l'auteur

S'adresser pour l'achat de la Brochure

Au Bureau de *La Lessive*, place d'Armes
PERPIGNAN

Ou à M. Jean-André BONNET, 30, Chaussée, ALAIS (Gard).

Prix de la Brochure : **0 fr. 50.** Franco, 0 fr. 65.

SOMMAIRE

Au Lecteur

Depuis des siècles la France, à la tête des nations civilisées, marchait, unie et forte, libre, fière et sereine, à la double conquête des gloires de la terre et des gloires du ciel. Les juifs, les francs-maçons, ces sectaires voués par serment à sa destruction, sont venus, l'éloignant des divines influences du Christianisme, arrêter sa main triomphante, étouffer ses nobles aspirations et ruiner la constitution vigoureuse et puissante que lui avait donnée ses rois très chrétiens. Afin de l'exploiter et de la voler plus à l'aise, ils l'ont corrompue, désorganisée, mutilée. Comme fruit de leur œuvre néfaste, il y a aujourd'hui deux Frances, la France qui souffre et la France qui fait souffrir. La France qui fait souffrir, c'est-à-dire la Juiverie et la franc-maçonnerie unies, a renouvelé ses violences et s'est signalée par le plus odieux des attentats. L'Ecole catholique, sanctuaire de la science et de la vertu, ce doux asile de l'enfance, va changer d'état et de maître; elle va devenir la proie d'un gouvernement tyrannique et impie qui en fera désormais un foyer d'athéisme et de corruption. Une loi abominable, justement appelée la *loi scélérate*, a été décrétée par le maçonnisme régnant, en vue de faire exécuter cette inique mesure, dont les conséquences, si Dieu n'y met la main, seront désastreuses pour la jeunesse, pour les familles et pour la société. Cette nouvelle et terrible atteinte portée à la conscience et aux droits les plus sacrés des catholiques, a soulevé partout une indignation profonde, et a été flétrie par une réprobation universelle. Ce cri d'indignation générale, nous voudrions l'éterniser, en quelque sorte, et le faire retentir sans cesse aux oreilles des misérables auteurs de la *loi scélérate*. C'est ce qui nous a porté à le traduire ici dans le langage expressif et durable de la poésie populaire. Nous n'avons rien négligé pour bien nous acquitter de notre tâche restreinte, mais difficile; nous nous sommes efforcé de donner à notre poème ce style clair et concis, libre et facile, naturellement imagé qui va si bien au goût du peuple. Nous ne nous flattons pas d'avoir atteint pleinement notre but ; mais nous espérons que nos accents feront écho dans l'âme chrétienne du lecteur, nous étant inspiré de cette douleur profonde que ressent aujourd'hui tout cœur catholique. Puissent ces accents aider à réveiller et à entretenir dans les âmes, au sein de la lutte vivement engagée à cette heure, ce saint enthousiasme, ce courage généreux et persévérant qui doit nous donner bientôt une victoire éclatante et décisive ! Qu'on le sache bien, la cause que nous défendons est la plus grande et la plus sainte des causes.

Le grand Pape, Léon XIII nous le démontre clairement dans ces profondes et sages paroles : « C'est par les écoles chrétiennes que les bons citoyens sont formés pour l'Etat. Le commencement et, pour ainsi dire, les semences de cette perfection humaine que Jésus-Christ à divinement enfantée pour le genre humain, se trouvent dans l'éducation chrétienne de la jeunesse, la condition future de la chose publique dépendant de la première éducation des enfants. »

Notre poète national a écrit :

> Le cœur de l'homme vierge est né profond;
> Lorsque la première eau qu'on y verse est impure
> La mer y passerait sans laver la souillure,
> Car l'abîme est immense et la tache est au fond.

Que le grand Pape et le grand poète soient écoutés.

ROGER LAMILOT.

A Monsieur Edouard DRUMONT

Auteur de la *France Juive*

Salut, fier chevalier de catholique race,
Ame en qui le génie est égal à l'audace !
Dieu t'avait réservé pour nos malheureux temps ;
Tu sais nous éclairer de rayons éclatants.
Au péril de tes jours, pour ton Dieu, pour la France,
Tu signales sans peur d'où nous vient la souffrance.
Tandis que tous les fronts adorent le Veau d'or,
Que dans la lâcheté le chef même s'endort,
Toi seul, faisant brandir ta redoutable lance,
Sur l'ennemi commun, terrible tu t'élance.
Les coups dont tu l'atteints ont, à fond, mis à nu
De ses crimes affreux le long drame inconnu.
Contre le spectre juif, ce démon de l'usure,
Ta voix a soulevé l'universel murmure
Qui le fait se cacher et de honte et d'effroi ;
Lui, l'auteur de nos maux, va périr, grâce à toi ;
En vain il se débat sous ton pied qui l'oppresse.
La France, avec éclat, célèbre ta prouesse ;
Le poète te chante, et ton nom qu'il redit
Fait tressaillir le cœur d'un peuple qui te lit.
Drumont ! ce nom, sans fin, est cher à sa mémoire.
Jouis, illustre auteur, jouis de ta victoire !
Décourage l'envie à force de valeur ;
Montre la vérité dans toute sa splendeur,
Et sois pour nous la main vengeresse du crime
Qui désigne à la mort le juif qui nous opprime.

Permets que, m'unissant à cet hymne flatteur,
Je vienne à ton exemple, ô glorieux lutteur !
Donner mon coup d'épée au monstre déicide.
Puisses-tu m'accueillir sous ta puissante égide !
Mon trait alors, lancé d'un bras ferme et plus sûr,
Ira frapper au cœur le traître fils d'Assur.

LETTRE

De Monsieur Edouard DRUMONT à l'auteur

Paris, 21 mars 1887.

MONSIEUR ET CHER CONFRÈRE,

Je viens de lire le beau poème que vous a inspiré le spectacle de nos écoles nouvelles où l'on s'efforce de pervertir les jeunes générations par l'enseignement athée.

Je vous suis profondément reconnaissant d'avoir bien voulu faire figurer mon nom et rappeler mon livre de la *France Juive*, dans cette œuvre vaillante et généreuse, que traverse d'un bout à l'autre un souffle si éloquent et si vraiment français.

La poésie, qui s'est si souvent ravalée de notre temps à célébrer les plus bas instincts et à décrire les plus dégradantes corruptions, redevient digne de sa glorieuse mission et de sa divine origine, lorsqu'elle se met au service de l'éternelle vérité.

Beaucoup de vos confrères ont traîné la Muse dans de sentiers fangeux ; vous vous souvenez, vous, qu'elle a des ailes ; mais vous n'ignorez pas non plus que la haine généreuse du mal est inséparable de l'amour du Bien.

Votre Muse a de fières et patriotiques colères devant les lâchetés et les ignominies de notre temps ; elle se propose pour idéal d'être la justice armée de la force.

Je vous félicite encore une fois, Monsieur et cher confrère, et je suis heureux de constater que d'une extrémité à l'autre de la France un immense mouvement se produit contre les juifs blasphémateurs, parasites et pillards qui détruisent nos traditions, outragent tous nos souvenirs, nous volent notre argent, et, pour mieux nous livrer à l'ennemi, s'efforcent de détruire dans les âmes les croyances qui seules rendent les nations invincibles.

Veuillez agréer, Monsieur et cher confrère, l'assurance de mes sentiments tout dévoués.

Edouard Drumont.

LA FILLE

DE LA

FRANCE JUIVE

OU

L'ÉCOLE SANS DIEU

Poème populaire

CHANT I

Paroles du Seigneur aux Juifs :

Venez au jugement, rendez compte parjures !
Je vengerai mon peuple et perdrai vos usures,
En haine de ma loi qui l'avait délivré,
Pour le remettre au joug vous l'avez enivré !...
Mais j'en jure par Moi, vous rendrez compte infâmes;
Je redemanderai mes enfants à vos âmes.

LOUIS VEUILLOT, Traduction paraphrasée
des prophéties d'Isaïe.

Au milieu des horreurs de l'effroyable guerre,
Les Juifs, peuple maudit, vil rebut de la terre,
Comme un vol de vautours rapaces à l'excès,
S'abattirent soudain sur le trône français ;
Pour piller nos trésors, ils hâtèrent la chute
De l'empire ébranlé par le choc de la lutte.
Leur bande, par Rothschild, usurpa le pouvoir.
Depuis, maîtres de nous, eux seuls font tout mouvoir :
Politique, finance, industrie et commerce. (*)
Leur funeste influence activement s'exerce
Sur nos grandes cités, sur nos moindres hameaux ;
Ils répandent partout la misère et ses maux.

(*) La *France Juive*, ce savant ouvrage devenu tout-à-coup
populaire, donne à nos assertions une autorité souveraine et
un fondement de vérité indéniable.

Nous leur avons laissé, nous peuple bénévole,
De nos mille produits prendre le monopole. (1)
Dévorés par la soif de l'usure et du gain,
Ils nous saignent à blanc, nous lèvent notre pain.
Se cachant à nos yeux dans leur œuvre fatale,
Ils agissent derrière une secte infernale (*)
Où d'hommes, pour le bien en apparence unis,
Travaillent sourdement à ruiner le pays.
C'est dans ses clubs secrets que prennent toujours
                                        [source
Ces faux bruits amenant les fameux coups de bourse
Qui se font au profit de ces fils du Veau d'or.
Ainsi passe, en entier, dans leurs mains, le Trésor.
Ils ont, pour s'enrichir, provoqué cette guerre
De Tunis où nos fils mouraient de faim naguère ;
La guerre du Tonkin, funeste à nos soldats,
A pour auteurs encor ces cupides Judas.
Hélas ! ces scélérats assassinent la France !
Le sang de nos fils coule et crie en vain vengeance !
Ce cri n'a point d'écho dans ces cœurs de métal,
Ils poursuivent, en paix, leur labeur infernal.
Pour nous ravir nos richesses nationales,
Tous les moyens sont bons entre leurs mains vénales.
Ils vont, soufflant aux cœurs de coupables désirs,
Jusqu'à faire un trafic des plus honteux plaisirs ;
Ils livrent même, horreur ! leurs filles, leurs compa-
                                        [gnes ;
Ils ont empoisonné nos villes, nos campagnes.
Que de gars nés vaillants, hier l'espoir du pays,
Sortent d'entre leurs mains d'ébiles et flétris !
Que de beautés dont l'âge eût fait d'honnêtes femmes,
Sont la proie, en leur fleur, de ces marchands infâmes !
Ils peuvent tout oser, la police est pour eux, (**)
Sur leurs crimes, la loi ferme avec soin les yeux ;

_____

(*) La franc-maçonnerie.
(**) Nous renvoyons le lecteur au deuxième volume de la
la *France Juive;* à la lecture de cet ouvrage, il achèvera de
s'édifier sur les insanités de ce peuple parasite et corrupteur,
que la police et la loi ne risquent pas d'inquiéter, étant lui-
même chez nous, grâce à l'incurie des français, la loi, la
police et le gouvernement.

La pornographie est vendue à leur service ;
Ils ont mille journaux pour propager le vice ;
Ils corrompent jusqu'à la moëlle des os
Notre race au sang pur, la race des héros ; (2)
La fleur des nations, la catholique France
Dépérit au contact de cette vile engeance.
Ils sont venus troublant ses fortunés destins,
Tarir son bonheur pur, jusqu'en ses doux festins;
Sur son front maternel hélas ! plus n'étincelle
Ce limpide rayon de lumière éternelle
Qu'elle reçut du ciel pour prix de sa vertu ;
Un mal profond la ronge en son cœur abattu ; (3)
Tous ses jours sont marqués de malheureux présages;
Son ciel est obscurci de ténébreux nuages,
Les voix de nos cités ont perdu leurs doux chants ;
Un long souffle de mort passe et flétrit nos champs.
Comme une immonde mer aux ténébreuses houles,
Le flot du vice monte envahissant les foules,
Répandant sur le monde, en outrageant le ciel,
Un malaise sinistre, immense, universel...

Tels sont les maux affreux que ce peuple perfide
A déversés sur nous dans sa fureur avide.
France, les voilà bien tes pires ennemis !
Saches-les reconnaître à leurs crimes commis :
Sacrilèges, viols, assassinats, suicides,
Ont leur source commune en ces cœurs déïcides.
Ils rêvent de tes mœurs l'anéantissement,
Pour mieux te dominer dans ton abaissement.
C'est dans ce but qu'il ont, contre la foi chrétienne,
Déposé dans ton sein ce noir levain de haine
Qui semble préparer d'affreux jours de malheur.

L'Eglise a fait entendre un long cri de douleur ;
Elle fille du ciel, la mère de la France,
S'est émue à l'aspect de sa grande souffrance.
A ces accents plaintifs ma Muse a tressailli
Et de mon cœur brisé les larmes ont jailli.
J'ai traduit les soupirs de l'Eglise affligée
Sur mon luth qui gémit sur la France outragée.

Puisse mon chant d'alarme, ó Français malheureux,
Eveiller dans vos cœurs des transports généreux !

Sur la France du Christ, elle sa fille aînée,
La persécution ardente est déchaînée.
Un ennemi, caché sous le voile imposteur,
Armé par le Démon d'un engin destructeur,
S'attaque avec rage à la Religion sainte ;
Tout en elle subit sa sacrilège atteinte.
Il lui ravit ses droits, avec sa liberté ;
Il n'est, pour nous chrétiens, plus de sécurité.
Il fait planer la mort sur nos saints édifices ;
L'air est comme rempli de ses noirs maléfices.
Il fait assassiner nos sœurs dans le saint-lieu !
Nos frères les Fischer, ces fiers soldats de Dieu,
Sont traînés en prison ou fusillés sur place.
Jusqu'où poussera-t-il sa criminelle audace ?
Veut-il faire régner la terreur en tout lieu ?
De son trône éternel veut-il renverser Dieu ?
Il l'a dit : « Je ne veux plus de Dieu, ni de maîtres :
« Je veux exterminer jusqu'au dernier des prêtres ;
« J'établirai mes lois par le fer et le feu. »
Malheur à qui s'oppose à son sinistre vœu !
Malheur à qui n'a pas le signe de la bête !
Voyez-le s'avancer de conquête en conquête,
Précédé du drapeau qu'arbora Lucifer,
Soumettant, sur ses pas, tout sous son joug de fer ?
Dans nos saints bataillons hélas ! Que de victimes !
La France passe aux mains du Roi des noirs abîmes.
C'en est fait d'elle ! O Dieu, venez à son secours !
O Notre-Dame, vous à qui tout a recours,
Sauvez-nous, sauvez-nous de vos mains virginales !
Dissipez au loin les légions infernales !
Que la France toujours soit chère à votre cœur ;
Faites-la triompher par votre bras vainqueur. —

La vierge nous répond: « Je protège la France ;
« Mais que mon peuple prie et fasse pénitence ;
« Qu'il remette en honneur, chez lui le Crucifix ;
« Sous l'étendard divin du Roi des rois mon Fils,

« Qu'il resserre les rangs de ses saintes phalanges,
« Et je vous sauverai, Moi la Reine des Anges. »

Prête l'oreille, ô France, à cette voix du ciel;
Abjure de l'erreur l'existence de fiel ;
Accours te rajeunir aux sources de la grâce ;
Jure à ton Dieu Sauveur de marcher sur sa trace ;
Puis pleine de courage et d'une sainte ardeur.
Dans la guerre au Dragon signale ta valeur.
Qu'attendrais-tu ? Dieu t'offre et la force morale,
Et sa force divine à l'ennemi fatale.
Mais hélas! tes enfants restent irrésolus;
Ils vivent loin de Dieu, sans vigueur, sans vertus.
Comme un troupeau d'agneaux et de brebis timides,
Qui se laisse égorger par des tigres avides,
Ils s'abandonnent, tous, avec stupidité,
Aux coups dont les meurtrit le dieu d'impiété.

Où sont les vieux guerriers de notre France sainte ?
Leur race pour jamais est-elle donc éteinte ?
Quoi! pour vaincre le monstre, auteur de tous nos
[maux,
Ne verrons-nous surgir un essaim de héros ?
Frémissez de douleur dans vos saints mausolées,
Promenez au dehors vos ombres désolées,
Chevaliers de Roland, Croisés de Godefroi,
Illustres champions de notre antique foi !
Et vous derniers martyrs de l'honneur catholique,
Zouaves de Pie-Neuf, ô phalange héroïque !
Frémissez de douleur dans vos pieux tombeaux :
L'athée impunément insulte à vos drapeaux ;
A vos noms glorieux indignes de survivre,
Vos frères et vos fils rougissent de vous suivre
Dans les divins combats où vous fûtes vainqueurs ,
Votre sang généreux n'anime plus leurs cœurs ; (*)

_____

(*) Nous faisons une exception, bien entendu, pour les catholiques militants, et en particulier pour les rares et glorieux
survivants de l'immortelle phalange, les vainqueurs de Men-
tana, les héros de Castelfidardo et de Patay.
  Nous sommes même heureux de saluer ici, parmi ces glorieux survivants, l'illustre général de Charette et le brave
capitaine d'Albiousse, d'Uzès, notre cher compatriote.

Les oracles du bien gardent un froid silence ;
Seule, dominatrice et pleine d'insolence,
S'élève jusqu'à Dieu la voix d'impiété ;
La mort semble envahir toute la chrétienté.
Notre vaillante France, elle la fille aimée
De Dieu dont-elle était et la gloire et l'épée
S'endort hélas ! s'endort d'affaissement profond ;
De bassesse et de honte elle couvre son front.
Le Juif, le traître Juif du noir vin de l'orgie,
Sous nos yeux, l'avilit et l'arrache à la vie.

Au lieu de nous lever, comme un seul homme, tous
Au lieu de nous armer d'un noble et saint courroux,
Désunis, nous souffrons, sans lutter, sans rien dire,
Les plus durs traitements, le plus lâche martyre.
Ah ! sommes-nous donc faits, comme le Juif, vénal ?
L'amour du nom français, l'honneur national,
Sont-ils éteints en nous ? leur grande voix de flamme
N'y parle-t-elle plus ? Nos cœurs sont-ils sans âme ?
Le sommeil de la mort, ô ciel ! a-t-il saisi
Le peuple de héros que Dieu s'était choisi ?
Lâchetés sans exemple, affreuse léthargie,
Jours d'épreuve sans fin, règne d'ignominie,
De quels fléaux nouveaux, par un peuple tyran,
Allez-vous accabler notre pays souffrant !

CHANT IIe

L'Homme, pontife-roi de la création,
Refuse à Dieu l'amour et l'adoration,
Que dis-je ? il le blasphème, il l'insulte, il l'outrage ;
Il veut bannir son nom des cœurs son noble ouvrage ;
Il foule aux pieds ses lois d'éternelle équité...
« Dieu dort, dit-il, Dieu dort dans son éternité.
Au mal, laissons en paix se livrer tout notre être,
Laissons nos passions pleinement se repaître... »
Ma voix va te répondre, homme impie et pervers :
Il dort, dis-tu, le Dieu qui régit l'univers.
Il va se réveiller, et son réveil terrible
Sera, pour toi, la mort, la mort funeste, horrible,
Qui jettera ton âme au sein du lac de feu
Où vont brûler sans fin les contempteurs de Dieu.

La Voix des Vengeances divines, poème
inédit de l'auteur, 1er chant.

Pleure! ô France, gémis ! jette ta plainte amère !
Le deuil voile le front de l'Eglise ta mère !
Des chrétiens qu'ont nourris ses mamelles de miel,
Qu'elle avait élevés dans les vertus du Ciel,
L'outragent, les ingrats, par leur conduite infame;
D'une noire amertume ils abreuvent son âme.
Les uns, à son appel restant indifférents,
Refusent de lutter dans ses glorieux rangs;
D'autres, mêlant l'offense à leur ingratitude,
Passent pour la combattre au joug de servitude.
Aux Juifs, aux francs-maçon, vil ramas de mortels,
Ils joignent leurs efforts pour saper ses autels.
Fortes de leur appui les Loges maçonniques,
Sur elle, ont déchaîné leurs fureurs sataniques.
Dans leurs clubs ténébreux d'hommes nés pour le mal
Ont comploté contre elle, un dessein infernal.
Déjà pour l'accomplir ils se liguent terribles ;
L'univers est troublé de leurs clameurs horribles.
Par de menteurs discours, pas d'ignobles écrits,
Après avoir gâté les cœur et les esprits,
Ebranlé tout pouvoir sur qui le bien se fonde,
Allumé sous nos pieds comme un volcan qui gronde,
Implanté l'anarchie où prospérait la paix,

Ils vont, par ce complot, couronner leurs forfaits.

« Guerre à Dieu, disent-ils, détruisons son ouvrage
« Dans l'âme de l'enfant, où s'empreint son image;
« Plus de maîtres chrétiens, remplaçons, en tout lieu,
« Les écoles du Christ par l'école sans Dieu. »
L'Eglise en vain, sur eux, a lancé l'anathème,
Ils poursuivent leur œuvre et bravent le ciel même.

Et quoi! monstres nouveaux qu'ont vomis les enfers,
Vous voulez, comme vous, rendre nos fils pervers?(1)
Sur ces fronts ingénus qui rayonnent de grâce,
De vos vices hideux marquer l'ignoble trace?
Infecter du venin de votre impiété
Ces cœurs, temples vivants de la Divinité?
Quelle entreprise infâme et pour nous quelle injure!
Des crimes accomplis vous comblez la mesure!
Non, jamais on ne vit tant de persersité,
Tant d'impudence unie à la méchanceté.

Lâches que faites-vous? Vous chassez de l'école
Des maîtres au front ceint de la double auréole
Du dévouement sublime et du profond savoir.
Ces grands éducateurs que l'Europe a pu voir
Tenir le premier rang dans ses concours scolaires;(2)
Qui n'ont que le seul tort d'être trop populaires,
De trop bien enseigner la science et les mœurs,
De trop bien cultiver les esprits et les cœur ;
Vous nous les enlevez nous imposant de force
D'instituteurs qui n'ont du savoir que l'écorce ?
Eux, dont l'enseignement, conforme à votre loi,
Est tout à fait contraire à notre sainte foi :
Eux, tout imbus de vos doctrines délétères,
Sans valeur, si coûteux, remplaceront nos frères, (3)
Pour gâter de ceux-ci le grand bien déjà fait ?
Tout proteste indigné contre ce noir forfait.
Et c'est l'impôt du sang qui motive votre œuvre ?
Iniques imposteurs, quelle infâme manœuvre !
L'impôt du sang ! félons que leur reprochez-vous ?
Vos magisters, comme eux l'ont-ils payé chez-nous ?

Tous nos champs de bataille ont vu les robes noires ;
Leurs hauts faits sont présents à toutes les mémoires ;
Ces héros en soutane au siège de Paris
Du courage français remportèrent le prix, (*)
Ils ne refusent rien à leur chère patrie,
Ils lui donnent leur sang et leur âme et leur vie ;
Pourquoi venir encor surcharger leur fardeau ?
Si les vôtres du moins les suivaient au drapeau ? (4)
Mais vous l'avez juré, votre devise chère,
Ne doit être pour nous qu'une ironie amère.
Criez, criez encor : Vivent la liberté, (5)
L'égalité pour tous et la fraternité !
La liberté menteurs ! sous vous, c'est l'esclavage,
Votre fraternité, c'est la haine sauvage,
Et votre égalité, vous le montrez ici,
C'est, pour vous, le bien-être et le mal pour autrui.

C'est pourquoi dès ce jour, frère prends la giberne,
Enfouis tes talents au sein d'une caserne ;
T'éloignant de l'enfant, ils pourront à loisir,
Façonner ce jeune être au gré de leur désir.
Qu'en feront-ils hélas ! ces corrupteurs sinistres,
Ces vrais fils de Satan, ses plus ardents ministres ?
Enfant, à leur école il ira s'abrutir ; (6)
Homme, ils en feront un inconscient martyr,
Une bête de somme, une humaine machine,
Qu'ils cloûront à la glèbe ou dans l'infecte usine.
Ils ont hâte d'atteindre à leur but infernal.
S'autorisant ce crime en le rendant légal,
A la Chambre voyez agir le maçonnisme ;
Il lance, à cet effet, ses décrets d'ostracisme : (**)
Nos deux cents députés y protestent en vain.
De nuire au Catholique, il a soif, il a faim ;

(*) En récompense de leur dévoûment à la patrie pendant
la guerre de 1870, les Frères des Ecoles Chrétiennes obtinrent
le prix Boston et leur Supérieur général le Frère Philippe
reçut la croix d'honneur.

(**) Nous faisons allusion ici à la loi scélérate, à cette loi
néfaste sur l'enseignement primaire, qui consacre, dans le
royaume catholique de Saint Louis, le triomphe de l'école sans
Dieu.

Nous devons nous soumettre à ses ignominies,
Ou bien être traînés aux noires gémonies.
L'enfer est son moteur, son culte c'est le mal.
La Droite n'a plus voix au Conseil national ;
Nous, la majorité n'avons plus droit de vie ;
Nous devons étouffer sous le joug d'infâmie.

Oui, c'en est fait chrétiens, vous êtes hors la loi ;
A vos jeunes enfants on va ravir la foi,
Votre religion des cœurs sera bannie,
Sur vos fronts va peser l'affreuse tyrannie.
L'école est transformée en foyer d'infection ;
Désormais l'athéisme et l'irréligion
Y seront enseignés comme vertus civiques.
Le Christ, soleil des cœurs, le Dieu des Catholiques,
Lui qui nous apporta la sainte liberté,
L'égalité des droits et la fraternité,
Le Christ dont nous tenons cette morale pure
Qui nous conserve bons et le ciel nous assure,
Lui, notre Rédempteur, notre Souverain bien,
Doit être, parmi nous, mis au-dessous du rien,
Ignoré de l'enfant, renié par le maître.
Chrétiens, à ces horreurs voudrez-vous vous sou-
[mettre ?
Et vous, tyrans maudits, pourrez-vous sans remords,
Condamner nos enfants à cette loi de mort ?
Monstres ! A quels fléaux vous livrerez la terre !
Les ténèbres du mal y noyant la lumière,
On la verra bientôt, circulant dans la nuit,
S'éloigner sans retour de son divin appui,
Et, dans un noir chaos sans fin plongeant sa sphère,
Devenir de brigands un horrible repaire.
Qui du monde voilà quel sera le destin,
Si ces vils corrupteurs arrivent à leur fin.

Mais Dieu les frappera du feu de sa colère ;
Déjà s'appesantit sur eux son bras sévère.
Paul Bert, et Gambetta, Hérold et Dumarêts,
Ont entendu, tremblants, ses éternéls arrêts. (*)

(*) La mort funeste de ces hommes néfastes, dont la mau-

Tout s'écroule, autour d'eux, tout s'affaisse et tout
[tombe.
Après cent autres, hier, descendait dans la tombe,
Le ministère Juif du félon Freycinet ;
Et celui qu'a formé l'avorton de Goblet,
Comme un fétu léger emporté par l'orage,
Doit l'y suivre bientôt sans marquer son passage.
Ainsi disparaîtront ceux qui doivent venir :
Tout de ces gens pervers, doit tristement finir ;
La malédiction divine est sur leurs têtes.
Ils se sont étourdis comme de viles bêtes,
Dans leur âme endurcie ils ne sentent plus rien,
Autrement, sur-le-champ, ils reviendraient au bien,
Atteints comme ils le sont des Vengeances célestes.
Destinés à périr sous leurs coups manifestes,
A la ruine, au malheur condamnés désormais,
Dans la honte et la fange ils grouillent à jamais.
Dieu montre en nous vengeant quel soin il prend
[du monde !
Son bras reste levé, sa foudre toujours gronde ;
Tremblez ! ô vil troupeau d'agisseurs criminels,
Dieu vous prépare à tous des tourments éternels !
Vos forfaits sur la France attirent et la guerre,
Et la peste, avec tous ces tremblements de terre
Dont le pays encor d'épouvante frémit ;
La Nature en entier de vos crimes gémit ;
La terre à vous porter plus longtemps se refuse ;
Au tribunal de Dieu l'enfance vous accuse ;
L'enfer, le sombre enfer d'où vous êtes sortis,
Vos âmes redemandent avec d'horribles cris ;
Une invisible main dans son sein vous entraîne ;
Déjà la pâle Mort, vous saisit, vous enchaîne :
Descendez, descendez dans le gouffre béant,

---

vaise vie nous épouvantait naguère, n'a rien qui nous étonne.
Depuis l'origine du christianisme jusqu'à nos jours, Dieu a
pris ouvertement en main de venger ses serviteurs et de châ-
tier les impies. L'histoire de l'Eglise est remplie de ces faits
providentiels et terribles. Les Hérode, les Pilate, les Néron
de tous les siècles ont péri tous de mort violente et tragique.
Il faut que la parole de Dieu ait son accomplissement; or il
est écrit : Malheur ! Malheur à l'impie.

Allez brûler de haine invoquant le néant,
Et que jamais de vous nul ne tienne plus compte,
Où si l'on s'en souvient, qu'on dise : « Hommes
[de honte !
« Un Dieu vengeur enfin contre vous se leva !
« Le feu de son courroux notre terre lava
« Des souillures sans nom dont vous l'aviez remplie ;
« La Justice du Ciel sur vous est accomplie ;
« Vous parûtes un jour, vous n'étiez plus
« Démons à face humaine en enfer descendus ! »

CHANT III

Reprends ton orgueil
Ma noble patrie ;
Quitte enfin ton deuil,
Liberté chérie ;
Liberté, patrie,
Sortez du cercueil !...,

DELAVIGNE, Troisième Messénienne.

Pleure ! ô France, gémis ! jette ta plainte amère !
....
Non, non, ne gémis plus, mais frémis de colère.
A l'épouse du Christ regarde ? on va ravir
L'enfance, son amour, son espoir à venir.
Ah ! sous tes yeux, chez toi, laisseras-tu commettre
Ce crime dont l'horreur fait frissonner ton être ?
A ton antique honneur, te verrait-on faillir ?
Devant Dieu, pour jamais, voudrais-tu t'avilir ?
Du forfait le plus noir te rendrais-tu complice ?
O France, pour ton Dieu, lance-toi dans la lice !
Renouvelle aujoud'hui tes antiques serments.
Souviens-toi de Clovis vainqueur des Allemands,
De Charles par ton bras, écrasant l'Infidèle,
Répandant sur l'Eglise, une gloire immortelle ;
Souviens-toi de ces jours, entre tous glorieux,
Où, volant comme un aigle, au secours des Saints-Lieux
Tu gravas pour jamais, sur ta fière poitrine,
La Croix qui t'a prêté de sa force divine ;
Souviens-toi de Saint Louis, de Jeanne ton sauveur,
Du grand siècle chrétien, siècle de ta grandeur ;
Rappelle-toi ces jours plus rapprochés encore,
Qui brillèrent, sur toi, comme une belle aurore,
Ces jours où ta splendeur jeta de vifs rayons,
Où tu vis à tes pieds toutes les nations ;
Le grand Napoléon commandait à tes braves
Tu domptais les tyrans, t'en faisant des esclaves ;
Du Régime sanglant ton peuple était vengé....
Hélas ! comme ton sort de nos jours a changé ?

Du Perse à Marathon le peuple catholique
Retrace tristement la lâcheté tragique .
Quelques cents scélérats qui l'accablent d'affront,
Sous leur sceptre odieux, lui font courber le front.
Dieu ! le réduiront-ils, tant leur pouvoir l'atterre !
Comme le lourd bétail à labourer la terre !
Dans quel bas servilisme ô peuple es-tu tombé ?
De quel aveuglement hélas ! es-tu frappé ?
Une stupidité profonde et lamentable
Te couche sous le poids d'une torpeur coupable.

Regarde ? autour de toi toutes les nations,
Dans les champs de l'honneur tracent leurs longs sil-
[lons
Le Belge a relevé son drapeau catholique,
L'Allemand fait mouvoir le monde politique,
L'Espagnol fait trembler l'aigle noir indompté,
Le Grec s'arme et reprend son antique fierté,
L'Illyrien grandit par ses vertus guerrières,
Le Slave avec l'Anglais reculent leurs frontières,
L'Américain avance, heureux vers l'avenir,
Sur l'aigle du progrès qu'il s'est faire fleurir ;
L'Annamite se bat, le vieux Chinois résiste,
L'Indien même, l'Indien qui par lui seul existe,
Entraîné, marche à sa civillisation ;
Seul, tu dors, croupissant dans ton abjection.

Ah ! puisque tu le veux ô peuple catholique,
Enerve-toi, languis, sous le joug maçonnique ;
Sois de tout l'univers la risée ou l'horreur ;
Remonte, sans retour, à ton antique erreur ;
Renouvelle chez-toi les temps de barbarie,
Nous pleurants, désolés, nous fuirons la patrie…!

Que cet affaissement, France, touche ton cœur !
Ah ! secoue au plus tôt ta mortelle torpeur ;
Soutiens la dignité de ta noble origine ;
Reprends, parmi tes sœurs, ta mission divine ;
De ta mère opprimée abrège les revers ;
Refais-toi grande et libre en secouant ses fers.

Ton état nous alarme et fait saigner notre âme ;
Sur le front du tyran brise ton joug infâme.
Faudra-t-il des martyrs ? les premier nous voici
Prêts à mourir, pour toi, sans demander merci.
Notre indignation comme au fleuve déborde ,
Non, nous ne pouvons plus supporter cette horde
De tyrans criminels, briseurs de Crucifix,
Corrupteurs de l'enfance assassins de nos fils.
L'amour des saints combats nous presse et nous
[enflamme ;
La mort nous plaît, pourvu que succombe l'infâme ;
Il a pour ton malheur trop longtemps triomphé,
Dans la boue et le sang qu'il périsse étouffé !

Voilà bientôt dix ans que pris d'affreuse rage,
Il nous jette à la face et l'insulte et l'outrage ;
Il flétrit notre culte, en proscrit les dehors ;
Il souille impunément l'asile de nos morts ;
Il tourmente et poursuit, jusqu'en son monastère,
L'humble religieux, cet ange de la terre ;
Il nous grève d'impôts par d'onéreuses lois :
Artisans, laboureurs sont réduits aux abois ;
Le commerce est ruiné comme l'agriculture.
Il a gâté l'armée et la magistrature ;
Le vôte, sur lequel nous fondions notre espoir,
Le vote chose sainte, est, on a pu le voir,
Devenu, dans sa main, un jeu de duperie,
Où le vol le dispute à la basse infâmie.

Serpent inassouvi, tout gonflé de venin,
Il s'acharne sur tout ce qui touche au divin,
L'avilit, le corrompt, le détruit, ou dévore.
L'âme de nos enfants, ce lis qu'un rien déflore,
A couvert jusqu'ici de sa terrible dent,
Demain à sa fureur servira d'aliment.
Il songe à dévorer les prêtres de l'Eglise ;
La prière bientôt ne sera plus permise ;
L'abomination sera dans les lieux saints....
France, malheur à toi ! si nos cris restaient vains.
Dans ton sein renaîtrait l'infernale anarchie

Qui, brisant les autels, tuant la monarchie,
Plongea dans la stupeur ce siècle alors naissant,
Couvrit ton sol sacré de ruines et de sang ;
L'étranger reviendrait souiller ton territoire ;
Tu te verrais ravir et ton sceptre et ta gloire.
Comme au Juif déïcide, à l'impure Sidon,
Dieu du livre de vie effacerait ton nom.
Aux empires détruits allant mêler ta cendre,
Dans l'éternelle nuit il te faudrait descendre.
O patrie ! ô ma mère ! ah ! préviens ces malheurs,
Du Dragon déchaîné réprime les fureurs.

Cette hydre après t'avoir, ô ma sainte patrie,
Dévorée, en tes biens, épuisée et flétrie,
Dans sa rage d'enfer, vois, elle veut encor
Arriver à ton âme et te donner la mort,
Et y tuant la foi, ta foi pure et féconde
Qui t'élève au-dessus des nations du monde.
C'en est trop ! Lève toi ! défends ton propre sein !
Broie enfin sous ton pied, l'infernal assassin !
De l'épouse du Christ dissipe les alarmes,
Jehovah, le Dieu fort, protègera tes armes.

Toi qui grandis heureuse à l'ombre de son bras,
Toi sa vaillante épée aux jours des saints combats,
A ton rôle divin reste toujours fidèle ;
Une nouvelle fois écrase l'Infidèle.

Et la France répond à la voix de l'honneur ;
Nos malheurs accablants ont ému son grand cœur,
L'audace des tyrans dans sa fierté l'offense.
Comme un lion bravé qui se met en défense,
Résolu, menaçant, son saint peuple est debout,
Pour combattre le monstre et lutter jusqu'au bout.
Contre ses noirs desseins pour protéger l'enfance,
Chaque cité s'armant, forme la résistance.
La voix des Chesnelong, des de Mun, des Freppel...(*)
Partout a retenti comme un divin appel.

(*) Nommons encore parmi ces tribuns d'élite, Keller, La-
marzelle, Cassagnac, l'homme de lutte par excellence.

Dieu le veut ! Dieu le veut ! dit la clameur publique.
Mort ! au monstre oppresseur qu'on nomme Répu-
blique.
Vingt millions de Français qu'irritent ses fureurs,
Sont prêts à l'accabler de châtiments vengeurs.
Assez elle a, sur eux versé sa bave immonde,
Assez elle a honni le Dieu sur qui se fonde,
Comme prix de leurs maux leur triomphe à venir :
Le Ciel prononce enfin, son règne va finir.
J'entends la grande voix de leurs justes colères,
Les accents indignés des pères et des mères.

Dans ce cri ta voix tonne, ô ma noble cité,
Toi qui mis en éveil la Catholicité,
En jetant bravement le signal des alarmes,
Lorsqu'apparût le monstre aux infernales armes.
Sorti furtivement des antres ténébreux
De cette loge infâme aux mystères affreux,
Il s'avançait, sur toi, menaçant et terrible ;
Sans trembler tu t'émus à son aspect horrible.
L'esprit des noirs complots agitait son noir front ;
Monstrueuse vipère, effroyable dragon,
Ses milles anneaux hideux enlaçaient ta surface ;
Les horreurs de l'enfer étaient peints sur sa face ;
Sur tes jeunes enfants, ton trésor virginal,
Ses yeux de feu lançaient un regard infernal.
Tu compris son dessein à ce signe de rage ;
Sur lui tu te jetas, plein d'un noble courage,
Vainement l'escortaient la force et la terreur,
Au mépris de la mort tu bravas sa fureur ;
Et dans ce long combat qui troubla ton enceinte,
Ils se vit terrassé sous ta puissance étreinte.

Alors rentra dans l'ombre, avec la honte au front,
L'instigateur méchant, ce huguenot fripon,
Sur qui s'appesantit ton courroux populaire
Qu'il ose te jeter sa bave de panthère !
Bientôt jouant, sur lui, du Knout, par grands coups,
Tu devras le chasser comme on chasse les loups.
En vain la croix d'honneur masque ce cœur de lâche
La justice de Dieu le poursuit sans relâche. (1)

Notre haut fait m'inspire un noble orgueil ici.
D'Hombres, Boissin, Christol, Châlons et de Larcy,(2)
Fiers de ce mouvement luttaient à notre tête.
Hormis les fronts marqués du signe de la bête,
Alais, (*) comme un seul homme en ce jour se leva ;
De l'impie oppresseur ses écoles sauva,
Conservant à l'enfance, avec ses chers maîtres,
L'enseigement divin qu'ont reçu nos ancêtres.
Depuis ne reculant devant aucun effort,
Avec un soin jaloux il garde son trésor.
Comme l'ange qui veille au seuil du sanctuaire,
En défendant l'approche au pervers téméraire,
Prés de ses jeunes fils il est là l'œil ouvert,
Les mettant sous son bras tendrement à couvert.
En vain ses ennemis prolongent-il la lutte,
Aux coups d'un vil pouvoir en vain est-il en butte,
Dans les rangs glorieux des soldats du Seigneur,
Il combat sans relâche à la place d'honneur.

Que cet exemple, ô France, exalte ton courage !
Cours sus au monstre affreux l'étouffant dans sa
rage ;
Que chaque cœur vaillant s'unisse à nos efforts ;
Que tes mille cités partagent nos transports ;
Dans un sublime élan poursuis ta noble tâche ;
Garde au cœur de tes fils, garde, intègre et sans tâche,
Le dépot de ta foi, saint legs de tes aïeux,
Dieu combat avec toi te bénissant des Cieux.
Vers toi, comme jadis, il enverra son Ange ;
L'hydre d'impiété périra dans sa fange ;
Ton peuple libre enfin reprendra tous ses droits ;
Alors par d'heureux jours Dieu paira tes exploits.
Le Christ t'appellera sa fille bien-aimée ;
Tes enfants formeront la fleur de son armée ;

(*) Beaucoup de nos villes du midi ont fait éclater le même
zèle et le même courage dans cette lutte religieuse : Citons en
première ligne Nîmes la vaillante cité, la cité reine de nos
catholiques Cévennes. Depuis les dernières expulsions elle se
voue sans réserve à la défense de ses religieux maîtres et de
ses chères écoles; les noms des Bonet, des Pieyre, des Dau-
det et des de Bernis, ses illustres enfants, brillent d'un incom-
parable éclat dans l'histoire de notre grande et sainte cause.

Par ta fidélité méritant ses faveurs,
Tu te verras comblée et de bien et d'honneurs .

Dix-huit fois, visitant, Lourde aux saintes collines,
La Vierge confirma ces promesses divines ;
Dix-huit fois consacré notre doux sol natal,
Tressaillit de bonheur sous son pied virginal .
Entourant de respect ses très chastes vestiges,
Lourdes ne vit depuis qu'au milieu des prodiges,
Et comme Monial redit dans ses échos :
« France espère ! demain, à toi gloire et repos !»

A ces accents sacrés a frémi ma patrie,
Je la vois accourir aux autels de Marie ;
De chaque cœur français, par la Reine du Ciel,
Ce chant de repentir monte vers L'Eternel :
«Jésus ! ô Sacré-Cœur ! vous l'espoir de la France,
«Mettez, mettez un terme à sa longue souffrance .
« Elle appelle à grands cris votre règne très doux.
« Contrite, l'œil en pleurs, elle revient à vous ;
« Pour elle avec ferveur l'Eglise à genoux prie,
« Hâtez, hâtez d'ouvrir sur ma chère patrie,
« Cette ère de bonheur que vous lui préparez. »

Mais d'où vient que mon luth rend des sons inspirés ?
France, réjouis-toi ! tressaille d'espérance !
Un bruit dans l'avenir retentit et s'avance
Solennel, comme un chant plein de divins accords.
Entends ? Ah ! pourras-tu contenir tes transports ?
C'est la voix de ton Roi qui vient plein de puissance,
C'est la voix de tes fils chantant leur délivrance,
C'est la voix de l'Eglise exaltant ton doux nom,
Célébrant à jamais ton glorieux renom ;
C'est Dieu du haut du ciel invitant à sa gloire
Tes fils ceints des lauriers de ta grande victoire,
Dieu du sceau des élus marquant leurs vaillants cœurs,
Aux regards de Sion les proclamant vainqueurs .

FIN

NOTES
EXPLICATIVES

Notes explicatives relatives au 1er Chant

(1) Ces accaparements formidables, qui troublent si profondément l'équilibre économique et qui donnent à quelques individus une puissance effrayante sont un des côtés saisissants du régne des Juifs. Il y a des *rois* comme les appellent les archives israélites. Ephrussi, propriétaire des 9 marques est maintenant le *roi du blé* comme l'était Moïse Friendlender mort en 1878 à San-Francisco. Moïse Ranger était le Roi des cotons, il fit en 1883 à Liverpool une faillite de 750,000 livres 18,000,750 francs.

Stroüsberg, de son vrai nom Baruch Straüesberg était le *roi des chemins de fer*.

L'audace avec laquelle ces gens traitent ces opérations énormes, qui sont de simples parties de jeu pour eux, est incroyable. En une séance Michel Ephrussi achète ou vend dix ou quinze millions d'huiles ou de blé. C'est de cet homme, de la fantaisie qui lui passe par la tête de se mettre à la hausse ou à la baisse, que dépend la question du pain pour des milliers d'êtres humains.

La *France Juive illustrée*, page 77, par Edouard Drumont.

(2) « Toutes les lèpres sociales, écrit Rochefort, misères, crimes, débauches ont accompli de tels progrès qu'elles paraissent incurables. Nous sommes pourris jusqu'aux moëlles. »

« Nous jouissons d'un bel état social ! écrit dans le *National* un autre publiciste. Très occupés de leur politique, nos législateurs se sont déchaînés contre les écoles religieuses ; mais ils n'ont rien fait contre les enseignements de cette autre école, la brasserie et le cabaret. D'une main facile et complaisante, ils ont détruit le contrôle qui s'opposait aux publications obcènes. Des images révoltantes, des écrits honteux ont étendu partout sur la jeunesse nouvelle leurs leçons démoralisantes. La presse du plus bas étage a le droit de corrompre; plus elle est ignoblement déchaînée, plus il semble que le pouvoir la respecte. Elle a pu s'attaquer à tout, à la morale, à l'autorité, aux idées les plus élevées, plus saintes notions du devoir et tout y glorifier, au contraire, de ce qui pervertit l'esprit public depuis l'émeute jusqu'à la débauche. »

(3) « La reine des nations est devenue semblable à une veuve désolée; et la maitresse de tant de provinces est tributaire de l'étranger. Toute la nuit elle verse des torrents de larmes, et son visage en est baigné; de tous ceux qu'elle chérissait, il n'en est pas un seul qui pense à la consoler ; tous ceux qui l'aimaient l'ont abandonnée et se sont déclarés contre elle.....; ses persécuteurs se sont réunis pour l'accabler. Les rues de Sion pleurent leur solitude, car il n'est plus personne qui accoure à ses solennités...; ses ennemis l'ont regardée avec mépris et ont tourné ses fêtes en dérision..... (les processions). »

La fille de Sion a perdu son éclat : *Ses princes ont été dispersés comme des béliers qui cherchent des pâturages, et sans faire de résistance ils ont fui devant l'ennemi qui les poursuivait...; ses prêtres gémissent, ses vierges sont vêtues d'habits de deuil; et elle-même est plongée dans l'amertume. Ses ennemis se sont élevés au-desus d'elle et se sont enrichis de ses dépouilles, parce que le Seigneur irrité de ses crimes, l'avait auparavant condamnée : ses enfants ont été emmenés captifs (jetés dans les écoles sans Dieu) par l'ennemi qui les chassait cruellement devant lui.* »

Lamentations de Jérémie, ch. I.

Voilà l'état vrai de la France, moderne, de la France qui souffre, dépeint, ô mystère, ô miracle ! 2,000 ans à l'avance par un des grands prophètes du Seigneur.

Notes explicatives relatives au 2ᵉ Chant

(1) Un savant écrivain, M. l'abbé Verniolles, a fait dans des pages éloquentes le signalement de ces hommes sinistres, fauteurs des écoles sans Dieu. « Un jour, écrit-il, Saint-Vincent-de-Paul surprit un misérable qui tordait les membres d'un enfant, afin que cette pauvre créature, estropiée ou mutilée lui valût d'abondantes aumônes. A cette vue, le saint prêtre, arrache la victime des mains de ce barbare, et s'écrie : « Je te croyais un homme, et tu n'es qu'un monstre ! ».

Professeurs d'athéïsme, francs-maçons, libres-penseurs de tout rang, vaillants champions de l'enseignement neutre et des écoles exclusivement laïques, tous, à des degrés divers, vous êtes ce misérable. Et ne jetez pas les hauts cris sur ce rapprochement ; je ne calomnie personne, et j'ai les preuves en main ; ce que j'avance, je veux le démontrer sans réplique.

L'âme d'un petit enfant est tout autrement belle que son corps ; elle est cent fois plus noble et plus digne de respect. Créé de Dieu et pour jouir de Dieu, l'enfant élève naturellement son esprit et son cœur vers le ciel. Par votre enseignement et vos doctrines, vous lui enlevez sa foi, vous le courbez violemment vers la terre: vous attachez à la terre toutes ses espérances et ses pensées et de l'ange vous faites une machine ou une brute.

Toujours et partout l'humanité à cru en Dieu. En travaillant à faire de l'enfant un athée, en le privant de toute croyance, vous le mutilez indignement, vous en faites un monstre. Et non seulement ce monstre sera hideux et repoussant, mais il sera dangereux pour tous, il sera pour la société un fléau terrible. Ce monstre, la France l'a vu dans toute sa férocité et sa laideur sous le règne de la Commune.

L'assassinat des otages, l'incendie de la capitale, les débats du conseil de guerre montrent aux plus aveugles ce que produisent les doctrines athées et une éducation sans Dieu. Malgré cette leçon, vous n'avez rien appris, vous n'êtes que plus acharnés contre l'enseignement chrétien.

La croyance à l'immortalité de l'âme donnerait force et courage dans les épreuves de la vie ; la crainte d'un jugement à venir mettrait un frein aux mauvaises passions de l'enfant : ce seul frein, vous vous hâtez de le briser. Un père qui met son fils entre vos mains pour que vous le rendiez heureux et bon : vous lui préparez un mécontent et un rebelle, un ambitieux effréné ; vous armez d'avance cet enfant contre la société, vous en faites un révolutionnaire, vous ouvrez devant lui une carrière de folies, de calamités et de crimes.

Et pourquoi mutilez-vous ainsi cette jeune âme ? Pourquoi la dépouillez-vous de sa foi son plus riche trésor ? C'est pour en faire un instrument de vos convoitises, de votre haine, de votre fol orgueil. Vous voulez que des hommes ainsi élevés vous servent plus tard de marchepied pour monter au pouvoir, qu'ils vous aident à renverser un gouvernement, à piller le trésor public à bouleverser la société entière . »

[La conjuration Antichrétienne contre l'âme des enfants].

(2) A chacune des dernières expositions universelles de Vienne (Autriche), de Paris, de Londres, les Frères des Ecoles chrétiennes ont remporté une grande médaille d'honneur pour l'ensemble de leurs produits scolaires et plusieurs médailles d'or leur ont été décernées pour des œuvres spéciales . L'Exposition d'hygiène et d'enseignement scolaires de Londres, inaugurée en 1884 procura surtout aux Frères un véritable triomphe ainsi que l'atteste le journal l'*Education* dans le compterendu qu'elle en fit à ses lecteurs le 9 Aout 1884.

Nous donnons presque en entier ce document, afin de prouver au public combien notre admiration pour les Frères est fondée et légitime.

Nous ne nous étendrons pas longuement sur les différentes parties de de l'exposition : le défaut d'espace seul nous le défendrait. Nous préférons fournir quelques détails intéressants sur une d'entre elles qui a produit une véritable émotion dans le public britannique.

Le Comité d'organisation avait à peine arrêté son programme qu'il adressa aux Frères des Ecoles Chrétiennes une invitation pressante de prendre part à ce grand congrès pédagogique auquel on devrait joindre, bien entendu, toute une série de conférences. On promettait, disait on, à ces *premiers éducateurs du monde*, toutes les concessions compatibles avec l'organisation générale.

Ceci se passait au mois de février dernier et comme le temps pressait les Frères chargés de préparer leur Exposition à Londres, durent y consacrer pendant cinq mois de suite dix heures par jour. Il fallait en effet faire venir à grands frais leurs produits scolaires de toutes les parties du monde où ils ont des établissement, produits devant subir un examen avant d'être installés dans le grand espace qu'on leur avait gracieusement alloué et qui ne le cédait en étendue qu'à celui du gouvernement français lui-même. Mais aussi quand tout fut choisi mis en place quand le public put pénétrer dans la galerie de ces Frères, quel triomphe pour eux ! Quelle compensation de toutes leurs peines !

Ici nous n'exagérons rien, nous ne faisons que résumer ce que nous ont dit des témoins oculaires et les journaux anglais les plus autorisés. Hommes de haut rang, ministres des diverses Eglises protestantes, maîtres et instituteurs, hommes de science, hommes de lettres, simples bourgeois, gens du peuple même, se pressèrent dans cette galerie avec un empressement dont on se ferait difficilement une idée. « Monsieur nous disai' il y a peu de jours encore un Français présent à une de ces scènes, ils sont incroyables ces Anglais ! A les voir d'ordinaire si froids, si raides, si guindés même, on les croirait impassibles. Pas du tout ! il y a des moments où ils deviennent fous d'enthousiasme, et dans une après-midi que j'ai passée à l'Exposition je n'en croyais pas mes yeux. C'était une vraie cohue autour des Frères venus là pour donner des explication. Ceux-ci ne savaient auquel entendre, tellement ils étaient pressés de questions.

On s'extasiait devant les beaux modèles de dessin géométrique et d'ornementation du Frère Louis-Bernard.

On ne se lassait pas d'admirer les belles cartes hypsométriques du Frère Alexis. Enfin c'était à qui s'emparerait de leurs petits livres pédagogiques pour les examiner et prendre des notes.

J'imagine que nos bons Frères de France ne s'attendaient guère à se trouver à pareille fête.
. . . .

Mais le plus curieux de l'affaire peut-être, c'est la difficulté qu'éprouvaient ces braves anglais même les plus intelligents, à comprendre comment le gouvernement français avait pu expulser de leurs écoles des maîtres de premier ordre, formant la plus vaste association d'éducateurs libres qui existe au monde, association dont les membres s'élèvent à plus de onze mille; dont les élèves forment une armée de plus de trois cent vingt mille enfants, répartis sur toute la surface du globe, sans oublier que ces Frères s'adaptent à tous les besoins et à tous les pays, et ne coûtent, en définitive, rien ou presque rien aux populations qu'ils desservent. C'est de la folie ! disait l'un. C'est de la bêtise ! ajoutait l'autre.

La presse anglaise n'eût qu'une voix pour louer l'exposition des Frères. S'il fallait citer les journaux de toutes couleurs qui en ont parlé avec approbation, nous n'aurions que l'embaras du choix. Nommons seulement parmi les plus importantes de ces feuilles, le Times, le Standard; le globo et le spectator. Il existe cependant deux feuilles hebdomadaires peu connues en Erance mais très répandues en Angleterre, et qui rentrent dans la catégorie de celles que nous appelons des journaux spéciau x. Il s'agit de la Nature et de l'Architecture.

La *Nature* comme son nom l'indique s'occupe presque exclusivement de sciences naturelles et physiques, et elle a cru néamoins devoir se détourner de sa voie ordinaire pour s'occuper de l'Exposition des Frères.

La semaine dernière, écrit ce journal à la date du 5 juin 1884, nous avons remarqué le peu d'attention qu'on accorde dans nos écoles à l'étude de la géographie. La Supériorité de nos voisins du continent dans cette branche apparaîtra clairement aux yeux de quiconque visitera la section d'enseignement, dans l'exposition internationale, si bien organisée par M. Cowper. Là, se trouve une société d'instituteurs connus sous le nom de Frères des Écoles chrétiennes, qui expose un grand nombre de cartes murales hypsométriques d'atlas physiques admirablement propres à fournir des notions correctes sur la configuration réelle de la surface terrestre. Là, se trouve encore une collection de petits modèles en relief ; les uns d'un intérêt purement local et topographique ; les autres, d'une utilité plus générale comme servant à expliquer les définitions et les faits saillants de la géographie physique.... L'intérêt que prennent à ce sujet les élèves des Écoles dirigées par ces Frères en France, se montre dans le grand nombre même d'albums et de cartes qu'ils ont envoyés à l'exposition. . Fait, digne de remarque : beaucoup de ces cartes locales ont été dressées d'après des plans levés par les élèves eux-mêmes, sous la direction de leurs maîtres. Ce travail sur place est décidément ce qu'il y a de mieux pour les élèves les plus avancés, car il est toujours sûr d'être fait avec amour. La même association a envoyé de Belgique une belle collection analogue. Les maîtres de nos écoles publiques feront bien d'examiner les cartes publiques et les reliefs, des Frères aussi bien que les travaux cartographiques de leurs élèves. Il devra en résulter une amélioration réelle dans nos méthodes. Si l'exposition d'enseignement n'avait pas d'autre conséquence que d'élever le niveau de notre enseignement géographique dans le pays, elle aurait rendu un service réel.

De pareilles réflexions n'ont assurément rien qui décèle le parti pris ou l'engouement, et c'est pourquoi nous les préférons à des éloges emphatiques.

En voici d'autres d'un caractère non moins important, surtout venant d'une feuille qui sert d'organe à tous les ingénieurs et les architectes de l'Angleterre.

En ce moment même, il se fait à Londres une exposition de dessins d'élèves des écoles publiques. Il est intéressant de noter quels progrès on fait dans nos écoles ordinaires. Or, ce qui frappe d'abord le visiteur. c'est l'absence de toute méthode d'enseignement. Dans un trop grand nombre de ces écoles on laisse les écoliers copier des vignettes sur bois, des feuilles illustrées, de hideuses chromos litographies. Et plus les élèves montrent une certaine dextérité de main, moins ils ont de chance d'acquérir une habileté réelle dans l'art du dessin. D'autres écoles préfèrent des modèles gravés pour illustrations qu'un novice est à peu près dans l'impossibilité d'imiter. Ailleurs, les dessins exposés en très-petit nombre ont été copiés d'après des solides; mais il est évident qu'en pareil cas ceux-ci ont été choisis comme autant de trompe-l'œil et en vue d'induire en erreur les parents, au lieu de consulter les vrais intérêts des enfants. Par exemple la commission scolaire de Londres a étalé dans le local où se trouvent ses produits à Souh Kensington des gravures d'après Raphaël et autres grands maîtres, comme si c'était là le caractère des études poursuivies dans ces écoles. Evidemment, c'est encore ici un trompe-l'œil dans le but unique d'exciter l'admiration des visiteurs étrangers et des membres du jury. Eh bien, une visite faite au premier étage dans la salle assignée aux Frères des Ecoles Chrétiennes fournira à tous nos contribuables la preuve que nos autorités anglaises ont encore beaucoup à apprendre sur ce chapitre. Ces maîtres catholiques romains *sont décidément en avance sur nous.* Leur idée fondamentale, c'est qu'un cours d'enseignement progressif est une véritable préparation à l'atelier et ils agissent en conséquence.

. . . .

Les Frères des Ecoles Chrétiennes font tous leurs efforts pour préparer les enfants à un apprentissage quelconque ou bien aux affaires en les dotant de connaissances réelles, de procédés réels. Puis à mesure que les enfants grandissent ils les aident de leurs avis et de leur propre savoir. Ainsi dans les nombreux carnets de notes qu'on peut voir à l'exposition on trouve une masse de croquis de machines dessinés dans les ateliers mêmes.

Si un jeune homme en exprime le désir, on lui apprend à faire les esquisses, puis à les reproduire dans des dessins plus étudiés. Il en est de même pour tous les autres métiers, et un coup d'œil jeté autour de la salle montre surabondamment que parmi les Frères se trouvent des *chimistes,* des *architectes,* des *sculpteurs,* des *peintres,* des *graveurs,* des *géologues,* etc. Quelquefois même on pencherait à croire que ces travaux d'élèves sont trop parfaits pour des mains d'enfants. Quoi qu'il en soit, comme notre siècle demande pardessus tout un enseignement technique, les Frères ont élaboré, à leur façon, un système d'enseignement beaucoup *plus effectif* que tous ceux des gouvernements européens : aussi leur exposition à South Kensington mérite-t-elle d'être étudiée par quiconque s'occupe d'éducation. »

Eh bien, Messieurs les francs-maçons, juifs, athées, libres-penseurs de toutes nuances, vous les sinistres persécuteurs de nos Frères que dites-vous de ces documents précieux ? Ne vous prouvent-ils pas que la croyance religieuse, loin d'être un principe de superstition et d'abêtissement pour l'esprit humain comme vous le prêchez partout, est au contraire un stimulant énergique qui le porte souvent aux sublimes hauteurs de la science et de l'art ? Oserez-vous encore, au mépris de tels témoignages, poursuivre l'œuvre inique que vous avez entreprise contre nos écoles et priver la France de ces Frères que les Anglais proclament « *Les premiers Educateurs du monde* » ? Oui, vous l'oserez, parce que votre haine contre le Christ vous aveugle et que la lâcheté des catholiques vous laisse tout faire.

(3) Les Frères et les Sœurs se consacrent à l'éducation de nos enfants par un pur esprit de sacrifice et d'abnégation ; ils attendent de Dieu seul la récompense de leurs travaux.

Point n'est là l'esprit qui anime la plupart des instituteurs laïques de nos jours. Depuis plus de 30 ans leur traitement a été continuellement augmenté, et on les entend encore se plaindre sans cesse, sans doute avec raison, qu'ils ne sont pas assez payés, 1200 fr., 1500 fr., 1800 fr., sont peu de chose pour un maître d'école laïque ; 500 fr., 600 fr., c'est vraiment trop pour le traitement d'un pauvre Frère ; c'est là un abus grave qu'il importe de réprimer au plus tôt. Donc chassons celui-ci !

et place à celui-là qui est *plus laborieux, plus instruit, plus patriotique, plus homme de bonnes mœurs* ! —

Celui-là plus laborieux dites-vous ? A qui feriez-vous croire cela ? Est-il debout pour le travail, comme le Frère, chaque jour à 4 h. 1\|2 du matin ? — Obtient-il plus de résultats en classe ? Dans tous les concours scolaires loyalement faits n'a-t-il pas été et n'est-il pas toujours battu par le Frère ?

Plus instruit. — Un digne maître d'école m'avouait dernièrement que la plupart de ses collègues savent tout juste un peu de calcul, un peu d'orthographe et tout au plus rédiger mal une lettre. Ce n'est pas là le cas de nos Frères ; les Anglais qui ne se fient pas comme les Français aux apparences, les ont jugés, vous le pouvez voir ci-dessus, à leur juste valeur.

Plus patriotes ! — Mais la plupart des maîtres d'école ne sont là, exclusivement, tout le monde le sait, que pour s'exempter du service militaire, *que pour s'affranchir de l'impôt du sang*. Les Frères, au contraire tout le monde en est convaincu, se livrent à l'enseignement dans le but unique d'être utiles à la religion et à leur patrie. L'action de leur zèle ne se borne pas seulement en France ; nul plus qu'eux ne contribue aux progrès de l'influence française à l'étranger. Vous le reconnaissez vous-même ; voici en effet ce qu'écrit à ce sujet, un employé du gouvernement français, chargé de missions scientifiques en Afrique et en Orient.

«.... En somme les Frères des écoles chrétiennes sont à Tunis, ce que je les ai vus dans tout l'empire Ottoman, à Constantinople, à Smyrne, à Caïffa, à Jérusalem, à Alexandrie, au Caire et ailleurs, les humbles, mais dévoués et infatigables propagateurs de la langue et des idées françaises.

Que l'on calcule, en effet, le nombre énorme d'enfants de toute classe, de toute religion, de toute nationalité, qu'ils ont instruits et élevés dans les villes que je viens de nommer et dans beaucoup d'autres encore, et l'on reconnaîtra aussitôt qu'ils sont au milieu des pays musulmans nos meilleurs agents pour la diffusion de notre langue et, en même temps, de notre bienfaisante influence. Ils contribuent pour leur part singulièrement à *faire aimer et estimer la France*. » Victor Guérin.

Plus homme de bonnes mœurs ! — Oui, surtout si l'on prend comme type tels et tels instituteurs que l'on voit courir publiquement après les courtisanes, et tels et tels encore qui vont se quereller, se battre, se soûler dans les cafés borgnes. Mais nous serons plus généreux ; nous ne nierons pas les exceptions honorables qui se rencontrent encore dans le corps enseignant laïque ; nous les prendrons même pour les comparer à nos Frères.

Quelle différence n'y a-t-il pas, nonobstant ce choix, entre ces vertus très ordinaires et les austères et sublimes vertus de ces religieux que le vœu de virginité élève au-dessus de toutes les attaches terrestres, qui les place au-dessus de tous les dévoûments et les rend éminemment aptes au saint ministère de l'éducation de l'enfance !

Nous dirons même que ces derniers, hommes d'élite par excellence, peuvent seuls bien s'acquitter d'une mission si sublime et si délicate.

L'œuvre de l'éducation est laborieuse, s'écrie l'abbé Poulet. C'est une vie sans liberté, sans délassement, sans repos, sans dignité apparente, où il faut toujours se rapetisser, se contraindre, se renoncer soi-même. Non il y a là trop à faire, trop à travailler, trop à souffrir, pour qu'un dévoûment commun et ordinaire y suffise. Il y faut un zèle et une sollicitude qui s'étende à tout, aux progrès de l'enfant dans la piété et la vertu, dans les lettres et les sciences, à son esprit, à son cœur, à son caractère, à sa santé, à ses relations du dedans et du dehors, à ses défauts pour les supporter avec patience, et tout en les supportant les corriger ; à ses bonnes qualités pour les développer, à ses peines, à ses ennuis même, à ses découragements pour les consoler, les adoucir : en un mot, une sollicitude qui embrasse tout, depuis les besoins les plus élevés de son âme, jusqu'aux soins les plus humbles de sa vie naturelle ! »

Or je vous le demande, l'héroïsme d'un tel dévoûment, qu'exige impérieusement cette tâche auguste, peut-il se trouver dans un pauvre maître d'école, attaché par mille liens aux préoccupations de ce monde et tout à fait assujéti aux soins de sa famille ?

Avouez donc que la comparaison d'un maître d'école avec un Frère est insoutenable sous tous les rapports.

Mais, redites-vous sur tous les tons, nos maîtres d'école ont leur brevet ? — Oui, je le sais, on leur a *donné* ce morceau de papier ; mais nos Frères aussi ont leur brevet et un brevet qu'on ne leur a pas *donné*, mais que leur réel savoir a arraché des mains d'un Giraud, d'un Julian et autres loups examinateurs.

Il est vrai hélas ! nous l'avouons encore une fois, que sur un point les Frères sont inférieurs aux instituteurs laïques, sur un point seul *celui du traitement* ; et voilà pourquoi, messieurs les athées, vous les accablez de vos vexations, de vos injustices et de vos calomnies. — Scélérats : sinistres amis du peuple !

Le contraste qui se produit entre une école laïque et une école chrétienne n'est pas moins saisissant que celui qui existe entre un instituteur laïque et un Frère de la doctrine chrétienne.

Une école chrétienne présente le plus doux spectacle : c'est une pléiade de fronts joyeux et purs courbés docilement sous le joug d'une paternelle discipline, une réunion de jeunes intelligences qu'une religieuse émulation aiguillonne doucement entraîne, sans contrainte, à la recherche de la vérité, les porte à l'étude et au travail presque sans aucun effort ; une jeune et grande famille où dominent les affections les plus filiales et les plus fraternelles, un doux sanctuaire d'où s'exhale un suave parfum d'innocence et de piété, où règnent sans cesse une aimable candeur, une simplicité naïve et une affectueuse confiance. L'Ecole Chrétienne, c'est en un mot le cœur de la nation, la source pure où la France qui souffre puise ce sang chrétien et généreux, ces éléments de vie et de restauration qui coulent dans ses veines. Qu'il est différent le spectacle que présente une école sans Dieu ! là, l'enfant ne rencontre hélas! que la solidarité du vice et de l'impiété. « Dans ces établissements, dit un auteur moderne, règne un mauvais esprit, qui infecte rapidement les âmes, flétrit le bien dans son germe et rend toute éducation impossible. Les enfants se créent un nouveau système de morale, une nouvelle théorie du bien et du mal et presque un nouveau langage. La docilité y est flétrie comme lâcheté, la simplicité comme une sottise, la confiance envers ceux qui commandent comme une trahison envers ceux qui doivent obéir. Les maîtres et surtout certains maîtres considérés comme des ennemis naturels, contre lesquels il faut se liguer; se moquer d'eux est un piquant amusement, les tromper une ruse innocente, les braver une honorable indépendance. »

« Dans notre triste monde, écrit encore Georges Sand à propos des élèves de ces écoles, l'adolescent n'existe pas ou c'est un être élevé d'une façon exceptionnelle.

Celui que nous voyons tous les jours est un collégien mal peigné, assez mal appris, infecté de quelque vice grossier, qui a déjà détruit dans son être la sainteté du premier idéal ; ou, si par miracle le petit enfant a échappé à cette peste, il est impossible qu'il ait conservé la chasteté de l'imagination et la sainte ignorance de son âge. »

« Eh ! qui n'a déjà frémi (*) de la rencontrer sur le chemin cette enfance émancipée de toute foi aux principes de la vieille morale ; cette enfance sans respect de Dieu, ni de soi, ni de personne ; flétrie avant le temps, découronnée de sa pudeur naïve, hargneuse, indocile, méchante?

Ne cherchez plus à respirer en passant près d'elle, le suave encens d'une âme en fleur; tout est ravagé dans ce parterre envahi : tout est brûlé sur pied de cette floraison avortée, tout y périra, tout jusqu'aux bons germes. »

Dans ces écoles, ajouterons-nous, règne parfois un esprit si mauvais, un dérèglement si prononcé que des enfants vertueux, forcés de les fréquenter par respect pour la volonté de leurs parents aveuglés ou circonvenus, y sont pris à partie, précisément à cause de leur piété, par les mauvais garnements qui les peuplent, poursuivis, insultés, battus, et s'y voient placés dans l'alternative de rester ainsi victime de la vertu ou de devenir mauvais comme leurs pervers condisciples.

Ce fait qui se produit tous les jours sous nos yeux est d'une gravité capitale : c'est là l'origine, le commencement de cette haine de l'homme méchant contre l'homme de bien, de cette lutte du mal contre la vertu, partageant à cette heure, en deux camps bien tranchés, la société contemporaine, haine implacable, lutte terrible qui nous préparent les plus grandes et les plus désastreuses calamités.

Cette effrayante vérité nous amène à conclure que, à tout l'opposé d'une école chrétienne, l'école sans Dieu est un foyer de perversité, une source viciée, impure, où la nation va puiser ces éléments de corruption, ces germes de mort qui l'envahissent, hâtent sa décadence, et la précipitent vers sa ruine.

(*) P. Regnault.

(4) Les instituteurs laïques peuvent à volonté contracter leur engagement décennal, c'est-à-dire se dispenser du service militaire ; ce privilège est, en vertu de la loi scélérate, iniquement enlevé aux Frères, par les prôneurs de liberté, d'égalité et de fraternité.

Un de nos amis a eu la patience de parcourir tous les documents parlementaires, tous les actes législatifs, et Dieu sait s'ils sont nombreux, qui depuis l'année 1881 jusqu'à nos jours, ont occupé l'attention des Chambres sur l'enseignement primaire. Projets de la loi de MM. Paul Bert, Barodet, Steeg, Jules Ferry, Goblet ; rapports des commissions parlementaires, débats de la Chambre publiés in-extenso, il a tout revu. « Pour ma part, dit-il, en parcourant ces documents j'ai cru lire l'histoire véridique de l'enseignement primaire obligatoire, laïque ou athée, s'offrant à mes yeux dans toute sa laideur..... quelquefois même avec une sorte d'impudeur naïve. Ainsi, dans une séance des plus importantes le rapporteur de la loi avoue, en termes formels, que tel article du projet avait pour but unique « éliminer peu à peu les institutions congréganistes » — Est-ce assez clair ? C'est en prévision des conséquences de la loi *scélérate* qu'un conseiller municipal de Paris, un zélé franc-maçon, disait dernièrement dans une distribution de prix, épanchant le fond de son cœur : « La laïcisation a déjà porté aux Frères, un premier coup en les affamant ; le service militaire les achèvera en rendant leur recrutement impossible. »

C'est donc bien prouvé, le motif allégué par nos ennemis de ce que les **Frères** doivent être soldats comme tout le monde (non comme les instituteurs laïques) n'est qu'un trompe-l'œil en vue d'induire en erreur le pauvre peuple et de lui ravir, par un procédé en apparence honnête et juste, mais au fond très inique, ces maîtres hors-ligne, voués par une mission spéciale de Dieu à l'éducation de nos enfants.

(5) Nous extrayons des procès-verbaux de la Commission d'enseignement les paroles suivantes dues à une ardente amie de Mᵐᵉ Simon, sans doute une juive comme elle : « La liberté est bonne en principe, détestable en pratique : si nous n'excluons pas absolument nos concurrents, il ne nous sera pas possible de lutter. Nous *serons vaincus* et ce sera comme si rien n'avait été fait. Commençons par former des générations selon nos idées : à celles-ci nous pourrons accorder la liberté. Jusque là réduisons nos adversaires au silence et à l'immobilité. Madame Simon a dit en appui de cette manière de voir : « Si nous admettons les représentants des écoles libres élus dans les conseils d'examen, nous aurons des congréganistes et c'est ce que nous ne voulons pas. Tout serait perdu ! »

Cette zélée juive veut aussi des écoles mixtes ou seront mêlés les garçons et les filles. Je ne sais si elle sera exaucée dans ce vœu repoussant mais, en attendant, on vient de la satisfaire dans celui-ci, qui avait fait longtemps l'objet de ses rêves : « Nous voulons surveiller les écoles libres, les contrôler, les réprimer. Il faut qu'elles cèdent, *qu'elles succombent, qu'elles disparaissent*. Accorder la liberté à nos adversaires, *ce serait nous tuer*, ce serait insensé ! Ne permettons pas aux écoles congréganistes de combattre ; obligeons-les *à obéir et à se taire ! »

Ces aveux impudents arrachent à M. l'abbé Verniolles, déjà cité, des accents indignés, appuyés par d'irréfutables arguments. Les succès écrit-il, les succès de ces hommes que vous avez tant diffamés vous irritent, et vous en appelez à l'arbitraire. Il faut qu'ils *disparaissent*, il faut les obliger *à obéir et à se taire*. Vous voulez fermer ces écoles qui furent bonnes pour un autre temps : par recpect pour la liberté de conscience, vous ne voulez plus que des écoles laïques...! La liberté de conscience, comédiens ! vous appelez donc liberté de conscience le pouvoir abusif et tyrannique d'imposer votre athéïsme à tous nos enfants ? Mais si les mots ont encore un sens dans votre bouche, si toutes vos paroles ne sont pas des mensonges, la liberté de conscience et les lois de justice vous obligent d'ouvrir et de subventionner également des écoles laïques et des écoles congréganistes, et de dire aux parents : choisissez! Si les parents se portent de préférence sur les unes plus que sur les autres, vous devez respecter leur choix : voilà ce que vous prescrit la justice et la liberté. »

(6) Les écoles athées existantes ont déjà porté leurs fruits. Le *Bulle- de la Société générale d'éducation* lui-même, nous l'apprend.

« Chaque nouvelle école ouverte, devait permettre de fermer une prison; les voleurs et les assassins allaient disparaître, disait-on, dès que tout le monde saurait lire et écrire. Sur ce bel espoir, on a multiplié de toutes parts les écoles, en prodiguant les millions pour les installer largement; et voilà que la multiplicité et l'énormité des attentats à la vie et à la propriété, par des jeunes gens de quinze à dix-neuf ans, — les prémices de l'enseignement athée — épouvantent le public. L'enseignement donné à ces jeunes coquins, à ces brigands imberbes, n'a servi qu'à les rendre plus ingénieux dans leurs opérations, plus froidement atroces dans le crime. On vole, et on tue scientifiquement et artistement. Si bien que les progrès effrayants de la criminalité étouffent la voix des apôtres de la ligue maçonnique pour l'abolition de la peine de mort : le jury commence à refuser les circonstances atténuantes, et le bourreau rentre en exercice. » Ce langage n'a rien d'exagéré. La statistique criminelle est là pour répondre. Plus du tiers des crimes sont commis par des jeunes gens de 16 à 25 ans. Les accusés de moins de 16 ans occupent le second degré de l'échelle de criminalité; la proportion, pour cette catégorie, est de 19 0|0. Fait nouveau et épouvantable : Aujourd'hui les enfants, détournés de la vraie voie, prennent en dégoût l'existence, rêvent de rentrer dans le Grand-Tout et se suicident à l'âge de 13, 12 et dix ans !

Afin d'appuyer nos paroles par un exemple et surtout afin d'éviter aux familles chrétiennes des remords tardifs, nous nous permettrons de reproduire une page navrante, écrite naguère par la main frémissante d'une mère qui, par un de ces horribles suicides, se voyait ravir son enfant élevé dans une école sans Dieu. Qu'on lise : « .... On a voulu, s'écrie-t-elle m'éviter cette terrible émotion de revoir le cadavre de mon enfant défiguré par le coup de feu. Mais j'ai toujours devant les yeux ce lit funèbre qu'on m'a caché. J'y vois étendu mon pauvre Louis, pâle, sanglant,... l'arme meurtrière tombée près de lui,... ses yeux grands ouverts que la main de sa mère n'a pas fermés, ce front ensan-glanté, sur lequel j'avais déposé tant de baisers. Oh ! oui, je le vois; son image me poursuit, et des questions insolubles se posent devant moi ! Où est-il, mon enfant bien-aimé ? Sans doute il a été coupable, mais l'est-il seul ? Ai-je fait ce que je devais pour le préserver de tous les dangers qui ont été la cause de sa perte ? N'aurais-je pas dû résister avec plus de force, plus d'énergie ? le défendre, le protéger, même contre celui (¹) qui l'a livré aux hommes pervers qui l'ont perdu. Oui je l'aurais dû. J'ai été faible. La lionne défendrait son lionceau même contre le lion ; elle déchirerait, elle briserait tout pour le sauver. Et moi qui aimais tant mon fils, j'ai vu le mal pénétrer dans son âme ; j'en ai constaté chaque jour les progrès et je ne me suis pas révoltée... Oh ! je voudrais pouvoir crier à toutes les mères de lutter, résister pour défendre les âmes que Dieu leur a confiées. Le père n'est pas, né peut pas être le seul arbitre de l'avenir de l'enfant, ce serait contre nature quand il est malade il ne réclame pas pour lui seul la mission de le soigner, il trouve au contraire que la place de la mère est au chevet de son fils. Et quand il s'agit de son âme, de ses destinées éternelles elle ne compterait pour rien ? Ce serait une monstruosité. Oh ! non, cela ne peut-être. »

Notes explicatives relatives au 3ᵉ chant

(1) Le lendemain même de l'expulsion des Frères que M...M... cet hom-me d'odieuse mémoire avait ordonnée, *manu*, *militari* en sa qualité de maire d'Alais, sa femme devint folle, et, manifestation éclatante de la justice divine, ne cessa jusqu'à sa mort de lui crier aux oreilles, comme pour lui reprocher son crime : « Vivent les Frères ! Vivent les Frères! dis avec moi : Vivent les Frères ! »

Depuis lors encore, le suffrage universel lui a infligé à diverses repri-ses de soufflets sanglants dont son front sinistre gardera l'éternelle flétrissure.

Extrait *de l'histoire inédite d'Alais*, 1878-1882 M. Miranda Malzac étant maire.

(2) Ces hommes de lutte, ces vaillants catholiques alaisiens, dont nous nous sommes fait un devoir de célébrer les noms aimés, ne sont plus de ce monde; ils sont tombés glorieusement au champ d'honneur; ils se reposent, ils triomphent maintenant au sein de Dieu, parmi les couronnés immortels de l'armée du Christ.

Sur la tombe de M. l'abbé Christol, l'un de ces héros regrettés, un poète a gravé ces vers que chaque brave alaisien porte écrits dans son cœur :

Seigneur, quand ta cause succombe
Et que tes ennemis s'avancent triomphants,
Pourquoi condamner tes enfants
A pleurer un héros autour de cette tombe ?

Cessez vos pleurs ! Déjà son regard étonné
Sonde l'abîme de ma gloire ;
Il attend dans mon sein l'heure de la victoire,
Comme vous je l'ai couronné.

(*) Son mari.

FIN

www.ingramcontent.com/pod-product-compliance
Lightning Source LLC
Chambersburg PA
CBHW060843180626
46818CB00004B/1565